AF601210

ORAISON FUNEBRE
DE MESSIRE PIERRE SEGUIER CHANCELIER DE FRANCE, ET PROTECTEUR DE L'ACADEMIE FRANCOISE.

PRONONCÉE A SES OBSEQUES faites au nom de cette Compagnie en l'Eglise des Billettes,

Par M. l'Abbé DE LA CHAMBRE, Curé de S. Barthelemy.

A PARIS,
Chez PIERRE LE PETIT, Imprimeur ordinaire du Roy, & de l'Academie Françoise.

M. DC. LXXII.

AVEC PRIVILEGE DE SA MAJESTÉ.

ORAISON FUNEBRE DE MESSIRE PIERRE SEGUIER CHANCELIER DE FRANCE, ET PROTECTEUR DE L'ACADEMIE FRANCOISE.

Corona dignitatis ſenectus quæ in viis Juſtitiæ reperietur.

La vieilleſſe eſt une couronne d'honneur & de gloire, quand elle ſe trouve dans les voyes de la Iuſtice. Ces paroles ſont tirées des Proverbes de Salomon.

'ENTREPRENDS aujourd'huy, MESSIEURS, puiſque vous me l'ordonnez, l'Eloge funebre de Meſſire PIERRE SEGUIER, Chevalier, Chancelier & Garde des Seaux de France, Commandeur des Ordres du Roy, & Protećteur de vôtre Compagnie. Et bien que l'accablement de douleur, où me reduit la perte la plus sensible qui m'arrivera de ma vie, me pust legitimement dispenser d'vn si triste devoir; quand ma propre foiblesse, & la concurrence de tant d'excellens Orateurs employez à l'envi pour ce sujet, ne m'en détourneroient pas encore davantage: le desir neantmoins de donner des marques publiques de ma gratitude, & tout ensemble de mon obeïssance, étouffe pour vn temps mes soupirs, & mes plaintes; l'obligation & la facilité qu'il y a de parler d'vne vertu aussi rare, & aussi consommée, me font monter avec asseurance dans cette chaire. Je me persuade, que si l'amour d'inclination m'a éclairé autrefois dans le Panegyrique d'vn grand Vice-Chancelier de l'Eglise Romaine, Saint Charles Borromée, l'amour de reconnoissance m'animera encore dans celuy d'vn grand Chancelier de France, l'appuy de la Religion, l'exemplaire d'vne pieté solide & chrestienne, le modéle vivant & animé de la Justice, l'Ange tutelaire de l'Estat, en vn mot, la merveille de nos jours, & le desespoir des siecles à venir. Oüy, MESSIEURS, je le declare hautement, c'est à la simple lueur des flammes d'amour & de zele, que je nourris dans mon ame pour mon genereux bienfacteur, à qui je ſuis redevable de tout ce que je poſſede dans la vie de la grace, pour ne point parler des obligations temporelles dans la chaire de l'eternité, que j'ay trouvé vn texte auſſi propre & auſſi particulier, que celuy que j'applique à cét excellent Homme. Ayant eſté l'organe & l'interprete de deux grands Rois pendant ſa vie, dont l'vn a merité d'eſtre ſurnommé le Juſte, & l'autre paſſe pour la Juſtice meſme; n'eſtoit-il pas bien digne, aprés avoir eſté ainſi employé dans les plus auguſtes fonctions de la Royauté, d'avoir Salomon pour le Herault & le depoſitaire de ſa gloire aprés ſa mort? La pouvoit-il jamais mieux marquer, que dans ce cercle de lumiere, dont nous le couronnons aujourd'huy? *Corona dignitatis ſenectus quæ in viis Juſtitiæ reperietur.* Les diamans & les pierres precieuſes de ſa Couronne Ducale icy expoſée, jettent moins de feu, que ces paroles toutes brillantes & toutes lumineuſes de Salomon. Sa pourpre, quelque vive & quelque éclatante qu'elle fuſt, le couvre moins de ſplendeur & de gloire, que cét habillement de Juſtice, & ce diademe d'immortalité formé de la propre main du Roy des Rois. Ne renferme-t-il pas tout d'vne tiſſure, & ſon grand âge, & l'ardeur infatigable qu'il a conſervée juſqu'au dernier ſoupir pour la Juſtice, pouvant dire dans vn autre ſens que Saint Paul, *Repoſita eſt mihi corona Juſtitiæ :* C'eſt à moy qu'appartient la couronne deuë à ceux qui ont vieilli dans l'exercice de la Juſtice? Attachons-nous donc, MESSIEURS, à ce texte, & ſans faire icy l'Orateur, ni le Panegyriſte, mais plûtoſt l'Hiſtorien, & le témoin fidéle de la glorieuſe vie de MONSEIGNEUR LE CHANCELIER, ſuivant bien moins les ſentimens de mon eſprit, que de mon cœur, parcourons les trois voyes, ou, pour mieux dire, les trois ſacrez tribunaux, palais, ou empires de Juſtice, où il a preſidé ſi long-temps avec l'admiration de toute la France, & l'étonnement de toute l'Europe. Conſiderons-le dans le Parlement de Paris, comme Preſident au Mortier; à la Cour, comme Garde des Seaux; au Conſeil, comme Chancelier & le premier Officier de la Couronne. Trois lieux qui retentiront à jamais de l'illuſtre Nom des SEGUIERS. Là nous l'enviſagerons comme l'œil du Prince, toûjours veillant au repos des miſerables, perçant tous les voiles de la chicane, & les replis les plus cachez de l'impoſture, & du menſonge. Plus haut il paroiſtra comme la main du Prince, toûjours ouverte, toûjours preste à donner, versant sans cesse avec abondance ses bienfaits & ses graces, principalement sur les gens de Lettres. Dans le sommet des honneurs nous l'admirerons comme la bouche du Prince, prononçant à tout moment des oracles de Verité, de Prudence, & de Justice, avec autant de gravité que d'éloquence, lançant des foudres & des éclairs contre les vices, & les perturbateurs du repos public. En vn mot, nous verrons dans chacun de ces trois empires, avec quelle pieté, quelle prudence, & quelle justice il s'y est comporté ; ce qu'il a operé pour la Religion, pour l'Estat, & pour son propre salut, sous les deux plus florissans regnes de la Monarchie; & pardessus tout cela, comme ses illustres employs ont esté couronnez d'vne heureuse vieillesse, & d'vne aussi glorieuse mort. Ne nous lassons donc point de nous écrier en sa faveur : *Corona dignitatis senectus quæ in viis Justitiæ reperietur.* Ce seront-là, MESSIEURS, les trois trophées que je consacre aujourd'huy par reconnoissance, par inclination, & par devoir à ce grand Protecteur, & tout ensemble, souverain Arbitre des Loix, des Arts, des Sciences, & des Vertus.

ORAISON FUNEBRE

SAINT Jean Chryſoſtome fait vne remarque digne de la ſublimité de ſon eſprit, expliquant l'endroit de la Geneſe, où il eſt dit de Noë : *Hæ ſunt generationes Noë : Noë vir juſtus atque perfectus fuit in generationibus ſuis.* Voicy, s'écrie ce Pere qui fut dans ſes premieres années l'ornement du Barreau, vne maniere de genealogie bien courte, bien nouvelle, & bien extraordinaire. Il ſembloit que l'Ecriture nous allaſt faire vn dénombrement des Anceſtres de ce Patriarche, qu'elle deuſt foüiller dans le tombeau de ſes Peres, pour nous apprendre qui ils eſtoient, & quel rang ils avoient tenu dans le monde, ſuivant la methode ordinaire de ceux qui dreſſent des genealogies : mais au lieu de tous ces titres ambitieux, dont l'Ecriture ne fait aucune mention, elle ſe contente ſimplement de nous marquer, que Noë eſtoit vn homme juſte, legal & accompli, voulant ſans doute nous inſinuër par cette conduite myſterieuſe, que la pratique de la Juſtice eſtoit la plus ancienne nobleſſe de l'homme, & ſon principal ornement ; cette vertu faiſant la race des Ames nobles, comme la ſucceſſion des Anceſtres fait la race des Hommes illuſtres. Vous jugez bien, MESSIEURS, qu'il ne me ſera pas mal-aiſé de verifier cette genealogie dans la perſonne de Meſſire PIERRE SEGUIER; non ſeulement parce qu'il a eſté Juſte, & Juge dés ſa premiere entrée dans le monde; mais encore parce que tous ſes illuſtres Anceſtres l'ont auſſi eſté depuis deux cens ans qu'ils rempliſſent les premieres charges de la Robe : l'exercice de la Juſtice ayant eſté vne vertu hereditaire dans la famille des SEGUIERS. C'eſt elle qui a donné à la France des Seneſchaux de Quercy, des Preſidens de Tholoſe, des Prevoſts, & des Lieutenans Civils de Paris, des Advocats Generaux, des Maiſtres des Requeſtes, des Doyens de la Grand' Chambre, & des Preſidens au Mortier. De ſorte que quand je me repreſente que cette Juſtice, aprés avoir coulé comme vne ſource feconde, & s'eſtre répanduë depuis deux ſiecles dans les veines de tant de differens Magiſtrats, comme par autant de canaux d'honneur & de gloire, s'eſt enfin venuë terminer, & s'eſt ramaſſée & reünie toute entiere dans la perſonne de MONSEIGNEUR LE CHANCELIER, groſſie encore du noble ſang des Tuderts : il me ſemble voir ces grands fleuves, qui aprés avoir traverſé diverſes contrées, arroſé les campagnes, enrichi les provinces, & réjouï les nations entieres, vont enfin se jetter, & laisser la gloire de leur course dans la mer. Nous pouvons encore appeller ainsi la capacité, cét amas, cette vaste étenduë de connoissances divines & humaines, qu'apporta Messire PIERRE SEGUIER dans la charge de Conseiller au Parlement, qu'il exerça en premier lieu, n'ayant pas voulu prendre le sacerdoce du Droit, & se presenter dans le sanctuaire de la Justice, pour parler en termes de Jurisconsultes, sans estre paré de ses plus precieux ornemens. Car il faut avouër aprés vn des grands Critiques du siecle passé, c'est Scaliger le Pere, que la science du Droit, quelque excellente que l'ayent renduë les François, qui ont esté sans contredit les plus grands Jurisconsultes de l'Europe, comme l'a remarqué le Cardinal Du Perron, est neantmoins tres-imparfaite, & l'avorton, pour ainsi dire, de la Sagesse, dont elle se vante d'estre la fille, sans le secours & la jonction des autres sciences: *Profectò vera Philosophiæ divina soboles absque orbe illo scientiarum abortiva est.* Messire PIERRE SEGUIER fortement persuadé de cette verité, ne se contenta pas d'étudier son Code & son Digeste; il s'appliqua soigneusement aux belles Lettres, il penetra dans les parties les plus curieuses de de la Philosophie & de la Theologie, il puisa bien avant dans toutes les sources sacrées & profanes. Et quoy-qu'on pust dire de luy ce qu'on a dit autrefois d'vn Ancien, qu'il n'avoit point besoin de travail, à cause de la beauté de son esprit, ni de la beauté de son esprit, veu l'assiduité de son travail, ayant esté vn des plus rares & des plus merveilleux genies pour les sciences, & pour les affaires, que la France ait jamais produit; il joignit neantmoins parfaitement ces deux choses, comme s'il eust eu quelque pressentiment secret des grands & importans emplois, où il estoit destiné par la Providence. Il creusa des fondemens aussi profonds que solides de sçavoir, d'erudition, & de doctrine, pour soûtenir mieux vn jour la pesanteur & l'élevation de l'edifice, dont il devoit estre le principal appuy. Mais il ne songeoit pas tant à polir & à enrichir son esprit, qu'il ne pensast encore davantage à perfectionner son ame, à la fortifier, & à l'affermir toûjours de plus en plus dans la pratique des vertus. De la charge de Conseiller, il passa dans celle de Maistre des Requestes, & fut depuis Intendant en plusieurs Provinces, employé en quantité de commissions importantes, & admiré vniversellement sous le nom de Monſieur Dautry. Il laiſſa dans tous ces lieux des traces d'honneur, d'integrité, & de ſuffiſance, qui luy frayerent inſenſiblement le chemin à de plus grandes dignitez. Je ne ſçaurois taire icy avec combien d'adreſſe & de prudence, il ſe démeſla de l'Intendance de Guienne : c'eſtoit vn poſte tres-delicat, à cauſe des differens intereſts du Roy, du Gouverneur, du Parlement, & du peuple, qu'il y avoit à meſnager, le Duc d'Eſpernon, & le Parlement eſtant preſque toûjours oppoſez l'vn à l'autre. Il ne laiſſa pas de ſe concilier d'abord tous les eſprits, de rétablir la paix & la tranquilité dans cette Province, pour lors ſi agitée. Le Duc d'Eſpernon luy-meſme, avec toute ſa hauteur, & ſa fierté ordinaire, ne put s'empeſcher de luy donner ſa confiance & ſon eſtime, quelque preſſans & rigoureux ordres de la Cour que luy portaſt noſtre Intendant, quelque neceſſité qu'il luy impoſaſt de s'y ſoûmettre. L'Hiſtorien de la vie de cét illuſtre Favori nous apprend, que ſon Maiſtre conceut deſlors vne haute opinion de la capacité & du merite de Monſieur Dautry, qu'il en fit vn jugement auſſi avantageux, qu'on en pouvoit faire d'vn homme de ſa condition, augurant qu'il parviendroit à tout ce qu'il y avoit de plus eminent dans la Robe. Il eut le plaiſir de voir dans la ſuite des temps, ſes predictions glorieuſement accomplies; & on a remarqué qu'eſtant prés d'expirer, il rendit vn témoignage fort authentique, en faveur de MONSEIGNEUR LE CHANCELIER, ſe reſſouvenant encore avec beaucoup de reſſentiment des bons offices qu'il luy avoit autrefois rendus, par le temperament qu'il avoit ſceu apporter aux affaires faſcheuſes, que ſon eſprit peu ſouple & peu endurant ne luy avoit que trop ſuſcitées.

AU retour de ſes Intendances, Meſſire ANTOINE SEGUIER ſon oncle, ſecond Preſident au Parlement de Paris, luy reſigna ſa charge, aprés avoir obtenu des Lettres, pour en continuer l'exercice, pendant quatre ans, nonobſtant ſa demiſſion. Ce fut alors que cét auguſte Senat fit paroiſtre combien il avoit d'eſtime & de conſideration pour la famille des SEGUIERS, puiſqu'il ordonna dans la verification des Lettres, qu'on remercieroit Meſſire ANTOINE SEGUIER d'avoir choiſi vn ſi digne ſucceſſeur; qu'on le prieroit de venir prendre ſa ſeance à ſon ordinaire, & que le terme accordé par le Roy eſtant expiré, la Compagnie deputeroit vers ſa Majeſté, pour la ſupplier de luy vouloir continuer la mesme grace : témoignant par là autant de joye de la possession du neveu, que de crainte de la perte de l'oncle. Pendant neuf années entieres que Messire PIERRE SEGUIER exerça cette charge si considerable, & qui doit, pour dire cecy en passant, son plus bel éclat à vn de ses ayeuls, qui sceut maintenir par la force de son eloquence, les Presidens au Mortier dans la possession où ils estoient, de preceder les premiers Presidens des autres Parlemens, qu'on leur contestoit : ce fut, dis-je, sur ce sacré Tribunal, qu'il parut comme l'œil du Prince, toûjours ouvert, toûjours veillant au repos des miserables, entierement fermé à l'interest, à l'ambition, à l'avarice, & à toutes les considerations politiques & humaines, qui fascinent les yeux des plus clairvoyans. Tous ses regards, toutes ses veuës alloient directement à la verité, à la justice, sans jamais en pouvoir estre détourné ni diverti. Il tenoit la balance droite entre ses mains ; nulle faveur, nulle amitié, nulle haine, nulle esperance, ne la pouvoient faire pencher plus d'vn costé que d'autre. Ce n'est pas qu'il fust trop severe, mais il n'estoit pas trop indulgent ; il avoit trouvé ce temperament si rare & si difficile entre la trop grande rigueur qui rebute, & qui desespere, & la trop grande facilité qui perd, qui corrompt, & qui relasche: *Difficillimam illam societatem gravitatis cum humanitate.* Il sçavoit se faire craindre sans se faire haïr, & il messloit si bien la gravité de son maintien, & l'autorité de sa charge, avec la douceur naturelle de son esprit, & avec la facilité de son abord, qu'il se rendit la terreur des méchans, l'asyle, l'appuy, & la consolation des justes. Il ne faisoit pas moins l'étonnement des Jurisconsultes: ceux qui avoient vieilli dans le Barreau, ne pouvoient se lasser d'admirer comment il démessloit les procés les plus embarrassez, comment il penetroit dans des questions où ils voyoient à peine, avec vn discernement nompareil de l'incertitude du Droit, de l'ambiguité des Loix, & des collusions de la chicane. D'où pensez-vous, MESSIEURS, que luy venoient tant de clartez & tant de lumieres, sinon du Pere de la Sagesse, & du distributeur des graces? C'est, MESSIEURS, qu'il s'estoit formé dans la Magistrature sur l'idée d'vn bon Juge, que Dieu donna luy-mesme à Moïse dans l'Exode: car il lisoit soigneusement l'Ecriture sainte & les Peres; on l'a connu, & il s'en est bien trouvé à la mort. C'est-là qu'il avoit appris que representant la personne de Dieu, dont il occupoit la place, (d'où vient que dans la Langue Sainte , les moindres Juges sont appellez des Dieux) il y avoit vn Tribunal superieur au sien, où ses Arrests seroient reveus , son ministere examiné , & ses justices jugées. C'est-là qu'il avoit appris que Dieu , qui s'appelle le Seigneur des Seigneurs , & le Roy des Rois, avoit bien voulu ajoûter à des titres si glorieux, cét autre qui ne luy est pas moins honorable , de Juge des veuves , & de Protecteur des orphelins. Il entroit donc dans leurs interests, il appuyoit leurs pretentions, il faisoit sa cause de la leur, bien-loin d'avoir pour les miserables ces rebuts, ces chagrins, & ces amertumes, que nous connoissons. Toutes les fois qu'il avoit quelque cause d'importance à juger, ces paroles terribles de Saint Jean Chrysostome luy revenoient sans cesse dans l'esprit, & plust à Dieu qu'elles fussent gravées en lettres d'or dans tous les lieux où l'on rend la Justice , & qu'elles pussent faire d'aussi vives impressions dans l'esprit des Juges , qu'elles en avoient fait dans le cœur de ce grand Homme. Ceux qui oppriment les personnes foibles, qui les condamnent injustement , doivent trembler, parce que s'ils ont de leur costé le credit, la puiſſance, les richeſſes, la faveur des hommes, ces perſonnes opprimées ont pour eux des armes bien plus fortes, qui ſont les pleurs, les gemiſſemens, & les injuſtices meſmes qu'ils ſouffrent, & qui attirent ſur eux la grace du ciel. Les gemiſſemens de ces perſonnes accablées, ſont des armes qui renverſent les maiſons, qui en ruinent les fondemens, qui détruiſent les nations toutes entieres : parce que Dieu conſidere la ſainte diſpoſition de leur cœur, lorſqu'en ſouffrant les plus grands maux, ils ſe contentent de gemir, ſans prononcer aucune parole d'indignation, ni d'impatience. Oüy, dit ce Pere qui nous a conduit d'abord dans le premier Palais de la Juſtice, & avec qui nous en allons ſortir; la force des perſonnes opprimées, conſiſte dans leur oppreſſion meſme; ce n'eſt ni la bonne vie, ni la vertu, mais la ſeule ſouffrance des maux, qui excite Dieu à la vengeance des injuſtices : l'affliction eſt la plus forte défenſe dont on puiſſe ſe couvrir, c'eſt ce qui attire le ſecours du ciel ſur les perſonnes opprimées. Voilà, MESSIEURS, comment noſtre illuſtre Preſident, ſe garantit des écueils de l'injuſtice. Voilà l'étoile polaire qu'il conſulta ſur cette mer orageuſe, ſi décriée par le naufrage des pilotes les plus experimentez : car nous pouvons dire de noſtre temps ce que Saint Cyprien , grand Senateur , grand Eveſque , & grand Martyr , diſoit autrefois du Barreau , & du Senat de Carthage, qui n'eſtoient pas exempts, non plus que ceux d'aujourd'huy , de corruption & d'injuſtice : *Inter leges ipſas delinquitur, inter jura peccatur, innocentia nec illic vbi defenditur, reſervatur :* L'innocence n'eſt pas à couvert dans ſon aſyle & dans ſon fort , les crimes la pourſuivent & l'attaquent en foule, juſques dans les Tribunaux des Juges ; & l'on ne craint pas de violer les Loix , en la preſence & dans le Palais meſme du Legiſlateur. Voilà auſſi ce qui redouble la gloire & le merite de l'incomparable Défunt que nous regrettons, de s'eſtre acquis la reputation du Juge le plus accompli qui fuſt alors, à travers du torrent impetueux de la mauvaiſe coûtume. Voilà ce qui luy attira les benedictions des peuples, les loüanges & les graces de ſon Monarque, grand zelateur de la Juſtice. Voilà comment il merita de paſſer du Palais à la Cour, de la charge de Preſident au Mortier, à celle de Garde des Seaux, où il vous va paroître comme la main du Prince, toûjours ouverte, toûjours preſte à donner, verſant ſans ceſſe avec abondance ſes bienfaits & ſes graces.

S'IL

S'IL y a quelque charge dans l'Etat, dont la main de Justice, qui sert comme d'investiture à nos Rois, à la ceremonie de leur Sacre, aussi-bien que le Sceptre, & la Couronne, peut estre le symbole & le hieroglyphique, c'est sans contredit celle de Garde des Seaux, puisque la principale fonction de celuy qui en est le depositaire, est de mettre la derniere main à toutes les Lettres Patentes du Prince; qu'il est, pour ainsi dire, le Dispensateur, le Juge, & l'Examinateur de ses bienfaits, le Ministre de ses bontez, le Canal par où doivent necessairement couler toutes les Graces. Mais s'il y avoit personne au monde qui meritast d'estre honoré de cette charge, & à qui on deust plûtost confier cette main de Justice, c'estoit asseurément Messire PIERRE SEGUIER, dans l'humeur genereuse & bienfaisante, dont Dieu l'avoit naturellement doüé, ses mains pures & nettes du bien d'autruy, estant vne source inépuisable de liberalitez. La maniere glorieuse dont il fut appellé à vn employ aussi important, est pour luy vn grand eloge. Il est certain que la France qui est appellée par vn saint Pape, la mere des Heros, n'en porta jamais tant à la fois, & ne fut jamais plus feconde que de ſon temps, où il ſe rencontra vne multitude infinie d'excellens hommes d'Etat, de Guerre, & de Robe, conſommez dans les affaires, qui ne manquoient pas de qualitez propres pour eſtre élevez à vne ſi haute dignité. Cependant Louïs XIII. de triomphante memoire, aprés avoir jetté les yeux ſur tout ce qu'il y avoit d'eminent dans ſon Royaume, s'arreſta au Preſident SEGUIER, comme au plus digne, eſperant de trouver dans ſa perſonne vne fidelité à toute épreuve, vn ſerviteur qui ſe feroit vne Religion de ſon devoir, qui fonderoit ſa grandeur ſur ſon obeïſſance, & n'eſtimeroit rien de bas ni de petit, où il verroit la moindre marque des volontez de ſon Maiſtre. Il conſidera d'ailleurs, qu'ayant paſſé par tous les degrez de la Robe, il avoit tiré de cette diverſité d'emplois, & s'eſtoit comme imprimé par ſon experience & par ſon application toutes les formes d'vne parfaite Magiſtrature; ce qui le rendroit plus propre à répandre l'ordre & l'harmonie ſur tous les membres de l'Etat. La voix publique qui ne ſe trompe gueres, au jugement qu'elle rend des hommes, ajoûta ſon ſuffrage à celuy du Prince; & ſi nous en croyons vn Hiſtorien moderne, jamais choix ne fut plus generalement approuvé, jamais Magiſtrat n'apporta tant de reputation acquiſe, & n'entra avec plus d'eloges dans vne charge. C'eſt tout dire, qu'on vid Louïs le Juſte retiré dans ſon cabinet s'humilier devant la Majeſté divine, & luy rendre graces de luy avoir inſpiré de faire vne élection ſi fort au gré de tous ſes ſujets, & à la décharge de ſa conſcience. Le grand Cardinal de Richelieu fut l'inſtrument dont Dieu ſe ſervit pour diſpoſer le cœur du Prince en ſa faveur, & il declara publiquement que le bon ſens du Roy, le bien de l'Etat, & le merite du ſujet, avoient conclu l'affaire, ſans que le Preſident SEGUIER euſt fait la moindre démarche, & aucune avance pour la faire reüſſir à ſon avantage. Il avoit trop de modeſtie & de retenuë, pour s'ingerer de luy-meſme dans la pourſuite des honneurs: on ſçait que bien-loin d'y pretendre il s'eſtoit voulu bannir du monde pour vivre vniquement à JESUS CHRIST dans la ſolitude; & ceux qui ont eu l'honneur de l'approcher de plus prés, peuvent dire qu'on n'a jamais veu tout à la fois tant de ſçavoir & d'humilité, des qualitez ſi ſublimes, & tout enſemble ſi rabaiſſées, tant d'eſprit & de lumieres, & ſi peu de preſomption de ſes forces, vn ſentiment ſi bas & ſi ravalé de ſoy-meſme, rien de plus élevé & de moins ébloui de ſa hauteur, qui eſt la marque la plus certaine d'vn grand genie, la pierre de touche à quoy on reconnoiſt les eſprits du premier ordre: Juſques-là que quand on prenoit la liberté d'élever ſon rare merite, bien-loin de ſe glorifier des juſtes & legitimes loüanges qu'on luy donnoit, il impoſoit auſſi-toſt ſilence, & fermoit la bouche à ſes plus familiers, leur diſant qu'on ne le connoiſſoit pas bien, qu'il y avoit vne infinité de perſonnes dans Paris, & dans les provinces, qui valoient mille fois mieux que luy; mais qui faute de rencontrer des occaſions favorables de ſe faire connoiſtre, & de ſe produire dans le monde, demeuroient cachez, obſcurs & inconnus, citant meſme à ce propos, ce beau paſſage de Pline qui a eu autrefois la meſme penſée: *O quantum eruditorum aut modeſtia ipſorum, aut quies operit, aut ſubtrahit famæ!* Dans cette veuë il prenoit à taſche de s'informer dans les frequens voyages qu'il eſtoit obligé de faire de temps en temps à la ſuite du Roy, preſque dans toutes les parties de la France, des gens doctes qui y excelloient le plus dans leur profeſſion, & qui promettoient davantage. Il les faiſoit connoiſtre au Prince, leur procuroit des emplois & des dignitez conformes à leurs talens, & se chargeoit du soin de leur fortune. J'en appelle à témoin les Bosquets, les Sevins, les Marca, les Haberts, les Priesacs, & les la Fosse, & tant d'autres lumieres les plus éclatantes de nos jours, qui seroient, peut-estre, demeurées ensevelies dans les tenebres de l'oubli, ou dans l'obscurité des provinces, s'il n'avoit eu le soin de les en tirer, & de les produire aux yeux de la Cour. Il connoissoit trop bien l'excellence des fruits qui naissent sous vne main ouverte & liberale, pour la tenir tant soit peu fermée. Il n'ignoroit pas ce qu'a dit il y a long-temps vn saint Evesque, qu'il en est des productions des arts & des sciences, des fruits de l'étude & de la sagesse, comme de ces plantes, qui ne viennent jamais mieux que sous l'aspect d'vn ciel doux & benin, & lorsqu'elles sont regardées favorablement du soleil & des astres : faute de ces heureuses influences, quelque main habile & industrieuse qui les cultive & les arrose de ses sueurs, quelque avantagées qu'elles soient des presens de la nature, elles séchent presque aussi-tost qu'elles naissent, & arrivent rarement à terme ; aussi les sciences meurent, les sçavans languissent, les écrivains deviennent steriles, s'ils ne sont excitez & animez des liberalitez des Princes & des Magistrats. Mais qui sçait mieux que vous, MESSIEURS, la passion extréme que le grand SEGUIER a euë pour les gens de lettres, qu'il a favorisez en toute sorte d'occasions, de son credit, & de ses bienfaits? Car pourquoy estes-vous ici assemblez? qui vous porte à regreter cét excellent Homme, & à celebrer ses funerailles avec tant de pompe & d'appareil, sinon les obligations immortelles, dont vous vous reconnoissez tous redevables à sa memoire? L'importance est qu'il n'a pas honoré vostre Compagnie de sa protection & de sa presence, durant son loisir, & lorsque le malheur des temps l'a éloigné des affaires; mais au milieu mesme de sa faveur, & de ses plus grandes occupations, suivant le témoignage public qu'en a rendu en ces propres termes vostre inimitable Historien. Avoüez donc, MESSIEURS, que si vous avez porté l'eloquence Françoise à vn si haut point de splendeur, de perfection & de gloire, qu'elle ne cedera plus desormais à celle qui a fait tant d'honneur à Rome & à Athenes. Si vous avez merité d'avoir aujourd'huy pour Directeur de vos Assemblées, celuy que la France a jugé digne de presider à ses Conciles, nostre grand Archevesque, aussi recommandable par les charmes de ſon bien dire, que par l'éclat de ſes dignitez ; ſi pour comble de bonheur & contre toutes vos eſperances, il vous a ſceu ménager l'auguſte protection du Monarque, qui ſembloit n'eſtre reſervée que pour les Sceptres & pour les Couronnes: Avoüez, dis-je, MESSIEURS, que c'eſt que l'illuſtre SEGUIER a tenu ſoigneuſement la main dés les premiers commencemens à l'établiſſement de l'Academie, qu'il l'a receuë dans ſa maiſon, & l'a adoptée, pour ainſi dire, dans ſa famille, qu'il a paru jaloux & paſſionné de ſa grandeur, qu'il n'a laiſſé paſſer aucune occaſion de la faire éclater dans le monde : en vn mot, qu'il l'a toûjours regardée comme le plus bel ouvrage du fameux Cardinal de Richelieu, voſtre premier Protecteur. Les Doctes & les Sçavans n'étoient pas les ſeuls à qui il donnoit à pleines mains, les pauvres & les Religieux ont reſſenti abondamment des effets de ſa charité & de ſa magnificence: les marques en ſont aſſez publiques, ſans que je m'y arreſte davantage, non plus qu'à ces aumoſnes ſecretes faites ſous-main, ou pour mieux dire, dans la diſtribution deſquelles, la main gauche, comme parle l'Ecriture, ne doit pas ſçavoir ce que fait la droite. Il avoit herité cette vertu de ses Peres, & sa modestie luy faisoit attribuer tout son bonheur aux prodigieuses & immenses charitez de son Oncle. Mais j'oserois avancer que ce sont les siennes propres, qui aprés sa grande capacité, & le besoin qu'on a eu de son administration & de ses services, l'ont conservé si long-temps dans vn employ, qui auparavant luy passoit presque toûjours de main en main, & où l'on voyoit chaque année de nouveaux titulaires. Il s'y est maintenu prés de quarante ans parmi les orages & les tempestes, qui auroient mille & mille fois arraché le gouvernail des mains d'vn pilote moins habile & moins experimenté. Que si la necessité des temps l'a contraint deux fois de ceder, (car je croirois trahir sa gloire que de cacher ses disgraces) il semble que Dieu n'ait permis son éloignement, que pour faire admirer davantage la solidité de sa vertu, semblable à ces astres, qui ne brillent jamais plus que dans l'épaisseur d'vne nuit obscure. Une foible lumiere se fust bien-tost éteinte estant exposée à tant de vents. Il a verifié dans sa retraite ce que Salomon a dit immediatement aprés les paroles que j'ay prises pour mon texte, où il semble, par vn heureux rencontre, faire tout d'vn temps son eloge & son apologie, que l'homme l'homme patient vaut mieux que le courageux, & celuy qui commande à son esprit, que celuy qui force les villes. Il fit avouër à tout le monde que sa vertu pouvoit encore estre comparée à ces arbres, qui conservent la fraischeur & la beauté de leurs fleurs & de leurs feuïlles au milieu des orages de la mer. Ce seroit là, sans doute, vn des plus nobles traits, & des plus hardis qu'on pourroit ajoûter à cette partie de mon tableau, puisqu'au sentiment d'vn grand Politique, le dernier effort de la prudence est de se conserver dans les bourasques de la Cour; ce qui est aussi difficile qu'à vn Pilote d'empescher son vaisseau de s'abysmer ou de se briser contre des écueils dans le fort de la tourmente. *Quod si gubernator præcipua laude fertur, qui navem ex hieme marique scopuloso servat; cur non singularis ejus existimetur prudentia, qui ex tot tantisque civilibus procellis ad incolumitatem pervenit?* Mais je brûle, MESSIEURS, & vous aussi du desir de le contempler dans le sommet des honneurs, comme Chancelier de France; de l'admirer comme la bouche du Prince, qui prononce à tout moment des oracles de verité, de prudence & de justice, avec autant de gravité que d'eloquence; & c'est aussi par où je vais fermer sa Couronne.

LE plus eſtimé des Latins en matiere de Panegyriques, faiſant l'eloge d'vn fameux Conſul Romain, qui mourut également chargé d'années, d'emplois, d'honneurs, de gloire, & de merite, en vn mot, le vray portrait de MONSEIGNEUR LE CHANCELIER, a remarqué comme vn avantage bien ſignalé, que pour comble du rare bonheur qui l'accompagna juſqu'au tombeau, il merita d'eſtre loüé à ſes funerailles par le Conſul & l'Hiſtorien Corneille Tacite, le plus eloquent homme de ſon ſiecle : *Nam ſupremus felicitati ejus cumulus acceſſit laudator eloquentiſſimus.* Ce bonheur, MESSIEURS, n'a pas manqué à MONSEIGNEUR LE CHANCELIER, non ſeulement parce qu'il a eſté loüé ſi dignement à ſes obſeques par deux des plus eloquens Prelats de la France, mais encore parce qu'il a merité dés ſon vivant d'avoir pour Panegyriſte vn des plus celebres Orateurs qu'ait jamais produit le Barreau, auquel on peut juſtement appliquer ce que Pline le Jeune a dit dans l'endroit que je viens de citer, qu'il eſtoit plein des honneurs meſmes qu'il avoit refuſez : *Plenus honoribus illis etiam quos recuſavit.* Comme ſes actions ſont entre les mains de tout le monde, & paſſent pour autant de chefd'œuvres de l'art, & qu'elles ſont d'ailleurs ſuffiſamment remplies des eloges de la dignité de Chancelier, je ne m'étendray pas davantage ſur l'excellence de cette Charge, que j'ay fait ſur le merite de ſes Anceſtres, qu'il a encore dépeint avec des couleurs ſi vives, de crainte qu'on ne m'accuſe de baſtir ſur les fondemens d'autruy, & de chercher à embellir mon ſujet d'ornemens empruntez, en ayant abondance de naturels ſi propres, & ſi magnifiques. Outre qu'à dire le vray, Meſſire PIERRE SEGUIER a plus fait d'honneur à la Charge, qu'il n'en a receu. Il n'en faut point d'autre témoignage que celuy-là meſme qu'en a rendu Loüis le Juſte dans ſes Lettres de Proviſion, où ce grand Monarque ne feint point de declarer, aprés pluſieurs eloges extraordinaires de ſon Chancelier, qu'il l'avoit jugé digne de tout autre plus grand employ, quoy-qu'il paſſe neantmoins pour le plus haut faiſte, & le dernier ſommet des grandeurs:

Longe qui maximus eminet inter
Principis officia, atque togæ civilis honores;

Ainſi qu'en parle ſi noblement le tres-renommé Chancelier de l'Hoſpital dans ſa belle Epiſtre au Chancelier Olivier ſon predeceſſeur. Car s'il y a eu dans cette Charge vne foule de perſonnes illuſtres par leur naiſ-ſance, par leurs prelatures, par leur pourpre, & par leur ſainteté meſme, il y en a auſſi eu grand nombre de bien recommandables par leur ſçavoir & leur litterature, témoin celuy dont j'ay rapporté exprés les vers, qui a égalé les Anciens dans ſes Poëſies Latines, & qu'on a comparé au fameux Thomas Morus, grand Chancelier d'Angleterre, au zele de la veritable Religion prés. C'eſt cela meſme qui rehauſſe infiniment la gloire de celuy qui nous aſſemble aujourd'huy, d'avoir ſurpaſſé tous ces grands Hommes, en ſuffiſance, en capacité, & en merite. Il eſt conſtant qu'il n'y en a jamais eu, qui ait eſté ſi long-temps dans l'exercice, & dont l'exercice ait eſté honoré de tant de fonctions ſi glorieuſes, ſi éclatantes, & ſi extraordinaires. La premiere qui ſe preſente dans l'ordre des temps, & dont il n'y a aucun exemple dans l'Hiſtoire, eſt la commiſſion qu'il eut d'aller avec la Juſtice armée, pour éteindre vn feu devorant de rebellion, qui pouvant croiſtre dans la ſuite, menaçoit toute vne vaſte province d'vn embraſement vniverſel. Le remede le plus prompt qu'on jugea d'y apporter pour éteindre juſqu'aux moindres étincelles de cét incendie, fut d'y envoyer

MONSEIGNEUR LE CHANCELIER, avec vn pouvoir abſolu, & tout-à-fait inouï, qui ne luy confirmoit pas ſeulement la diſpenſation des graces, & la ſurintendance de la Juſtice, mais qui y ajoûtoit encore le commandement des armées, & joignoit ainſi pour vn temps dans ſa perſonne les differentes fonctions de Chancelier & de Conneſtable. En effet le drapeau blanc des troupes deſtinées pour cette expedition, demeuroit toûjours dans ſa chambre pour marque de l'obeïſſance qu'elles luy devoient; & le Colonel Gaſſion qui les commandoit ſous ſon autorité, eſtoit obligé de venir prendre tous les ſoirs le mot de luy, & ne pouvoit rien entreprendre que par ſes ordres. MONSEIGNEUR LE CHANCELIER n'eut pas ſi-toſt parlé avec cette grace & cette force d'eſprit, qui le rendoit maiſtre de l'eſprit de tous ceux avec qui il traitoit d'affaires, qu'il deſarma incontinent cette multitude irritée, la fit heureuſement rentrer en ſon devoir, & rétablit ainſi en moins de trois mois vne profonde paix dans toute cette grande province, qu'elle n'oſoit preſque eſperer de pluſieurs années. Tellement que ſon eloquence victorieuſe luy fit remporter dans vn peril ſi preſſant vn triomphe tout ſemblable à celuy qu'exagere tant ce grand homme d'Etat & de Lettres, Cassiodore, lorsqu'il dit à l'avantage d'vn Romain ces paroles, qui semblent faites pour mon sujet : *Triumphus fuit sine pugna, sine labore palma, sine cæde victoria.* Il a conservé à l'Empire vne de ses plus riches provinces, & nous a fait joüir des fruits de la paix, sans nous exposer aux hazards de la guerre. Nous avons remporté par son moyen des triomphes sans combats, des palmes sans travaux, des victoires non sanglantes. Oüi, France, avec quels transports de joye, & avec quelle effusion de cœur vistes-vous alors renouveller, par l'adresse d'vn de vos plus illustres enfans, ce beau triomphe, dont la maistresse du monde se glorifioit au temps de l'Empereur Constantin. Il n'éclata point comme ceux de l'ancienne Rome par la marche des Rois captifs, attachez au char du vainqueur; mais les gens de bien, libres & délivrez de la servitude d'vne vile populace, en furent le principal ornement. On n'y vid point comme autrefois traisner les richesses de l'Asie, les depoüilles, & le butin pris sur les ennemis; mais Rome elle-mesme, qui cessoit d'estre la proye de ses enfans rebelles, qui avoient osé attenter à sa propre vie, & déchirer de leurs mains parricides ses entrailles, en forma toute la pompe, & le plus ſuperbe appareil. Ce ſeroit icy, MESSIEURS, le lieu de parler de nos derniers troubles, où MONSEIGNEUR LE CHANCELIER ſignala ſi hautement ſon courage, ſon zele, & ſon intrepidité dans les dangers les plus affreux, où ſuivant le commandement du Sage, & l'expreſſion formelle de l'Ecriture, il agoniza pour la Juſtice, il combatit juſqu'à la mort pour la Juſtice: *Pro Juſtitia agonizare, & vſque ad mortem certa pro Juſtitia.* Ce texte ſeul qu'il a verifié à la lettre, dans toute ſon étenduë, luy tient lieu de tous nos Panegyriques, & eſt pour luy vne ample moiſſon de palmes, de lauriers & de triomphes. Mais je vous avouë, MESSIEURS, qu'il m'eſt arrivé, en eſſayant de tracer l'Hiſtoire de nos deſordres paſſez, preſque la meſme choſe, qui arriva à Michel Ange, lorſqu'il travailloit à la ſtatuë du malheureux Brutus: ce marbre eſtoit à moitié taillé, quand il vint à ſe reſſouvenir du crime qu'avoit commis celuy dont il repreſentoit la figure; ce qui le toucha ſi vivement, & il conceut vne telle horreur de ſon ingratitude, qu'il jetta ſon ciſeau de dépit, & abandonna ſon ouvrage, qui eſt demeuré imparfait, avec ces vers qu'on void à Florence, gravez ſur la baſe, qui ſerviront d'excuſe au Sculpteur & au Peintre.

Dum Bruti effigiem ſculptor de marmore ducit,
In mentem ſceleris venit, & abſtinuit.

Que la memoire de nos diviſions ſoit à jamais étouffée, banniſſons-la de nos eſprits & de nos penſées, puiſque noſtre invincible & judicieux Monarque n'a pu ſouffrir qu'elle demeuraſt inſerée dans les faſtes publics, voulant, comme vn veritable pere de ſon peuple, cacher les fautes de ſes enfans, & en dérober la connoiſſance à la poſterité. Diſons ſeulement, pour ne pas rouvrir vne playe qui n'a que trop ſaigné, & dont il ne reſte pas la moindre cicatrice, qu'il a eſté des troubles qui ont agité l'Etat, comme de ceux qui arrivent dans la nature: ils purgent & purifient l'air, auſſi les tempeſtes & les agitations que nous avons eſſuyées, ont eſté ſuivies d'vne bonace & d'vne tranquilité merveilleuſe. Au lieu donc, MESSIEURS, de m'arreſter ſur des objets ſi funeſtes, conſiderons MONSEIGNEUR LE CHANCELIER dans vn état moins perilleux, mais plus ſurprenant, plus digne des regards, des admirations, & des applaudiſſemens de l'eloquente Compagnie, devant & pour qui j'ay l'honneur de parler. Voyons-le à peine échapé échappé du plus effroyable danger qu'on puisse s'imaginer, haranguer aussi-tost pour le Roy dans le Louvre, sans que la moindre émotion parust sur son visage, ni sans qu'il fist éclater aucune autre chaleur que celle qu'vn tel discours fait sur le champ, exigeoit dans vne occasion si importante. Voilà, au jugement des Maistres, le plus bel endroit de la vie de nostre incomparable Protecteur, le plus glorieux triomphe qu'ait jamais remporté l'eloquence, le plus digne, MESSIEURS, que vous l'immortalisiez dans vos écrits. Rien ne marque mieux cette grandeur d'ame, cette élevation de genie, ce fond d'integrité & de suffisance, cette eloquence masle & majestueuse, qui distingueront à jamais MONSEIGNEUR LE CHANCELIER de tous les autres hommes, que le discours également fort & courageux, moderé & retenu qu'il fit sans autre preparation dans cette conjoncture fatale, pour relever les droits chancelans de la Couronne, & affermir l'autorité Royale ébranlée. Il parut alors qu'il n'imprimoit pas moins bien l'image sacrée de nostre invincible Monarque dans le cœur de ses sujets par sa bouche, qu'il le faisoit ailleurs de sa main sur la cire. Le Maistre des Romains en l'art de parler en public, qui estoit en possession de regner dans les jugemens & les assemblées, demeura neantmoins tout surpris & tout interdit à la veuë des gens de guerre, que Pompée avoit placez contre l'ordinaire aux environs du lieu où il devoit haranguer. Si vn accident impreveu, & la face d'vn Auditoire bordé de soldats a pu deconcerter Ciceron, & jetter le desordre dans l'esprit du plus grand Orateur, qui ait jamais esté, quel trouble, & quelle confusion ne devoient point produire dans l'esprit de MONSEIGNEUR LE CHANCELIER l'image de mille morts, qui s'estoient presentées à luy, armées de tous les traits les plus horribles qu'on puisse se former. Cependant bien loin d'en estre allarmé, & de se ressentir en aucune maniere de ces funestes impressions, jamais il ne se posseda davantage, jamais il ne parla avec plus d'asseurance & de liberté d'esprit, parce qu'il estoit animé de l'heureux genie du Prince pour qui il parloit, qu'il avoit le cœur vrayement François, que son cœur parloit par sa bouche, qu'il avoit l'ame naturellement eloquente, mais de cette eloquence sublime, & au dessus des regles, qui répondoit parfaitement à la grandeur, & à la majesté de celuy, dont il a exprimé les volontez en tant de rencontres. La merveille est que sa fidelité, son zele, son application au bien de l'Etat & de l'Eglise, ne se sont jamais relaschées, on ne les a jamais veuës abatuës sous la pesanteur des affaires, ni détournées par la revolution des temps, ni ébranlées par les secousses de la fortune, encore moins affoiblies par le poids des années. Il n'a pas esté de la vie de MONSEIGNEUR LE CHANCELIER comme de ces jours qui commencent par vn temps clair & serein, & qui finissent par des broüillards épais, qui chargent & troublent l'air : son commencement & sa fin ont esté de mesme force, vne mesme force a regné sans interruption pendant tout le cours de sa vie ; & cette vieillesse avancée, dont Dieu a beni ses longs travaux, si nous en croyons Salomon, estoit moins la derniere partie de son âge, que la derniere perfection, & le couronnement de sa gloire : *Corona dignitatis senectus, quæ in viis justitiæ reperietur.* Oüy, MESSIEURS, disons pour fermer la Couronne de nostre illustre Chancelier par quelque riche & precieux fleuron, qu'il luy est arrivé comme au soleil, qui ne paroist jamais plus grand que quand il se couche : aussi la vie des Justes est comparée dans le mesme livre à la route que tient cét aſtre, que l'Ecriture dit croiſtre juſqu'au jour parfait. Quelque charmante effuſion de clartez & de vertus qu'il verſe en ſe retirant, dans laquelle il ſemble qu'il tempere & adoucit ſes rayons pour les rendre plus ſupportables à noſtre veuë; quelques traces lumineuſes de Religion, de Foy vive, d'ardente Charité, de ferme Eſperance, de cuiſant regret d'avoir offenſé Dieu, qu'il ait laiſſé & fait éclater, en diſparoiſſant à nos yeux, regardées avec admiration des plus ſublimes intelligences de l'Egliſe, & des ſacrez Miniſtres des Autels, comme les diverſes & agreables couleurs, qui ſe formoient de la diſſolution d'vne ſi belle vie, & les preſages infaillibles d'vne reſurrection glorieuſe. N'attendez pas, MESSIEURS, dans le ſaiſiſſement où me met vn tel ſouvenir, que je vous les repreſente autrement que par les ombres du ſilence. Ce ſilence criant, pour ainſi dire, & frappant l'eſprit par ſa nouveauté, fera ſans doute juger qu'il y a quelque choſe de bien grand caché ſous ce myſtere, & deviendra ainſi, par cét innocent artifice, plus eloquent, plus ſignificatif, & d'vne plus grande expreſſion, que les loüanges les plus étenduës, & que les paroles entrecoupées d'vn eſprit percé de douleur : *Aliquando certi causâ myſterii aliquid prætermittitur*, dit le grand Cardinal, & tout enſemble grand ſolitaire, Pierre Damien, *vt ipſo quaſi clamante ſilentio, magnum aliquid ſentiatur.* Il en eſt auſſi de l'eloquence comme de la peinture, où le grand ſecret conſiſte à ſi bien finir vn tableau, que les traits venant à ſe perdre dans les extremitez de la toile, laiſſent imaginer à l'eſprit vne ſuite de lineamens que les yeux n'apperçoivent pas. Vous trouverez, MESSIEURS, dans vos propres idées, ce que je n'ay oſé toucher que d'vn trait, vous ſuppléerez par vos lumieres aux imperfections de mon ébauche ; mais à quelque hauteur que vous les portiez, jamais elles n'atteindront à l'eminence de leur ſujet, jamais elles n'arriveront à la beauté de l'original. A moins que d'avoir eſté ſpectateurs & témoins de ces ſurprenantes merveilles, il eſt impoſſible de les bien comprendre. Sans donc m'abandonner aux regrets que je ſens, que cette repreſentation lugubre va exciter au fond de mon ame, permettez-moy, MESSIEURS, pour charmer ma douleur, de contempler MONSEIGNEUR LE CHANCELIER vivant & reſpirant dans vos penſées, pleines de vœux, d'admiration, de zele, & de reconnoiſſance pour ce grand homme. Je le voy vivant & reproduit en ſon illuſtre Epouſe vrayement animée de l'eſprit des SEGUIERS, dans les marques ſi obligeantes qu'elle vous a données tout recemment de ſa bienveillance & de ſon eſtime. Je le voy renaiſtre dans cette nombreuſe poſterité, qui a infiniment plus herité de ſes vertus que de ſes richeſſes, qui a merité d'entrer dans l'alliance de la Maiſon Royale, & des plus illuſtres du Royaume. Je l'admire glorieux & triomphant juſques dans le tombeau, d'avoir pour ſucceſſeur, dans vne partie de ſes emplois, le ſucceſſeur des Bourbons & des Charlemagnes, des Ceſars & des Alexandres. Son nom fleurira dans tous les ſiecles, ſa memoire ſera à jamais en benediction à la France, & à l'Egliſe Gallicane en particulier, à qui il a fourni de ſi excellens ſujets de ſa propre Famille, & dont il a confirmé & ſoûtenu hautement les libertez & les privileges. Tant qu'il y aura des livres, ils porteront à jamais gravez ſur leur front, les marques de ſon ſçavoir & de ſes bienfaits. Tant qu'il y aura des pinceaux, les monumens eternels erigez de nos jours ſous ſes auſpices, publieront l'amour qu'il a eu pour les beaux arts; & ce qui nous doit le plus conſoler, nous eſperons que ce grand Chancelier, l'œil, la main, la bouche du Monarque le plus éclairé, le plus liberal, & le plus eloquent qui fut jamais, eſt preſt d'eſtre couronné du diadéme de juſtice dans le ſein de la gloire, à la faveur des ſaints myſteres, que va achever de celebrer ce grand Pontife, le fidéle mediateur des graces auprés du throne de Dieu, dont je n'interrompray pas plus long-temps l'épanchement ſalutaire. Ainſi ſoit-il.

www.ingramcontent.com/pod-product-compliance
Ingram Content Group UK Ltd.
Pitfield, Milton Keynes, MK11 3LW, UK
UKHW022148190726
13855UKWH00004B/1399

9 782013 077064